TUCAN

El robot y la Luna

Rafael Estrada

El robot y la Luna

Ilustraciones del propio autor

edebé

Paseo de San Juan Bosco, 62
08017 Barcelona
www.edebe.com

Directora de la colección: Reina Duarte
Diseño de las cubiertas: César Farrés
Ilustraciones: Rafael Estrada

10.ª edición

ISBN 978-84-236-7932-4
Depósito Legal: B. 28798-2007
Impreso en España
Printed in Spain
EGS - Rosario, 2 - Barcelona

Índice

1
03–OWE

Era 03–OWE un robot de mantenimiento industrial, un robot laborioso y aplicado. Se pasaba todo el día por la fábrica limpiando tornillos, arreglando relojes y bombillas estropeadas. Apenas se calentaba un circuito o se empañaba una esfera, aparecía de inmediato.

—¡CLAP...! ¡CLAP...! ¡CLAP...! —se le oía por los pasillos, antes de que le colocaran la esponja de caucho y empezara a hacer un «¡TUMP...! ¡TUMP...! ¡TUMP...!», que ya no molestaba tanto.

Cuando todo estaba más o menos en

orden, empujaba la barredora de virutas, que hacía «¡CHUF...! ¡CHUF...!», y se metía debajo de las enormes máquinas, intercalando su «¡TUMP...! ¡TUMP...!» con el «¡CHUF...! ¡CHUF...!» y el «¡TROC...! ¡TROC...!» de las prensadoras.

En alguna ocasión se complicaban aún más los sonidos: los engranajes, los muelles y los demás mecanismos tenían mucho que decir si se les escuchaba. Un buen chirrido metálico con algunos zumbidos de fondo podía dar a veces un tono muy interesante.

03–OWE se pasaba el resto del día cerrando compuertas y manipulando botones; para él, lo importante era que todo funcionara correctamente.

Disfrutaba, además, coleccionando

3
¡CHUF!
¡CHUF!

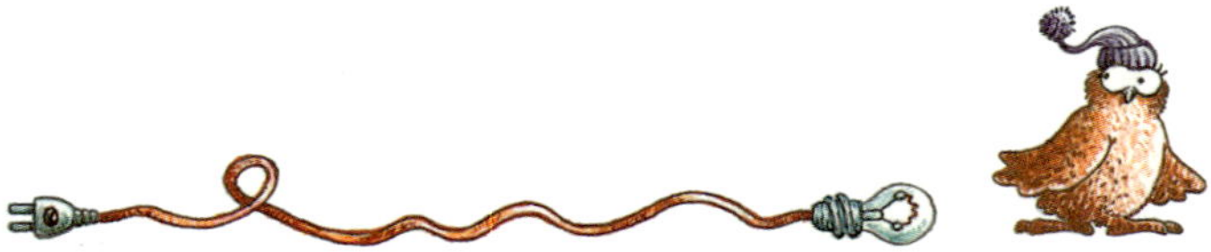

pequeñas pilas y baterías, que guardaba en una cajita envueltas en papel de aluminio.

Pero lo que más le gustaba era el sabor magnético de los disquetes estropeados, que se dejaban a un lado y que nadie podía reparar. Le daba lo mismo que fueran de 3 y medio o de 5 y cuarto, siempre que tuvieran algo interesante grabado.

Así fue como empezó a producir sonidos diferentes del «¡TUMP...! ¡TUMP...! ¡TUMP...!» de sus propios pasos. Porque un día se comió un programa que contaba los números.

—Se... se... senta..., se... se... senta... —repetía aquel programa inútil y encasquillado.

Al principio se asustó un poco, al comprobar que no podía localizar el origen de esa voz. Pero como había sido programado para obedecer y lo más parecido que podía hacer era «se... se... sentarse», pues se... se... sentó.

Así permaneció toda la mañana, esperando que le dijeran algo nuevo. Hasta que apareció WOT–137, el robot supervisor, y lo puso de nuevo a trabajar.

2
La Luna

Una noche, cuando apenas llevaba un mes funcionando y se encontraba reparando la alambrada de la fábrica, vio la Luna rodando desde el horizonte, saltando la valla limpiamente y escalando las nubes una por una.

Aquello le sorprendió, porque, ¿cómo podía funcionar una cosa tan grande, fuera de la fábrica, sin robots de mantenimiento a su alrededor?... Y, ¿cómo había hecho para evitar que la alarma de la valla se pusiera a sonar?

Por más vueltas que le dio, no pudo llegar a entenderlo. Era ya medianoche y las nubes se mantenían alejadas, dejando el espectáculo de las estrellas bien a la vista. 03–OWE quedó perplejo una vez más, porque, ¿dónde estaban los cables de aquellas bombillas que colgaban del techo tan altas, tan altas, que debían de ser enormes?

Toda la noche estuvo con la vista clavada en el cielo, hasta que amaneció y las juntas se le bloquearon con el rocío.

—¡CRRR...! ¡CRRR...! —sonaban cuando intentaba moverse.

Nuevamente, WOT–137 tuvo que acudir en su busca, rescatarlo e introducirlo en la fábrica.

WOT–137 tenía una voz ronca y metálica, sin altibajos, cambios de humor, ni emociones, pues así le habían hecho y

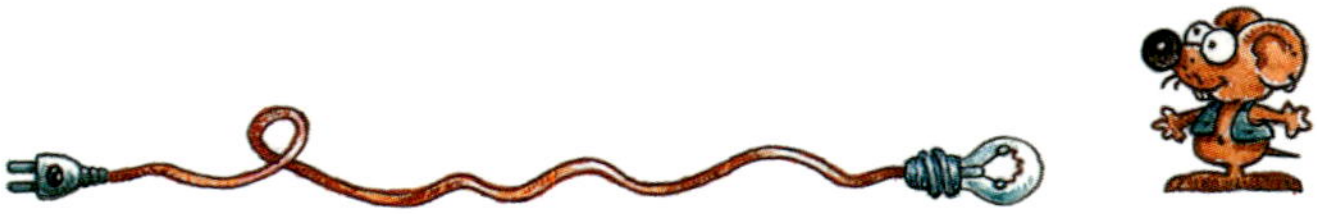

así debía ser. Era un robot supervisor muy eficiente, y casi siempre detectaba todas las anomalías.

—Gira hacia aquí, 03 —le dijo WOT; pero como no pudo moverse, lo desconectó.

Urgó en el interior de 03–OWE y chisporrotearon dos soldaduras. Limpió y engrasó bien las juntas, pulsó el interruptor que conectaba la corriente de nuevo y lo puso en la sala de máquinas a recoger las virutas.

—¡CHUF...! ¡CHUF...! ¡CHUF...! —se alejó 03 muy contento, empujando la barredora.

WOT–137 controlaba todos los ruiditos y escuchaba el estruendo de la sala de

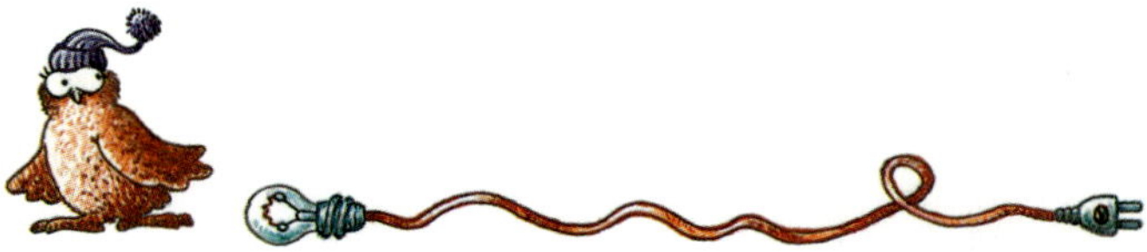

máquinas. Nada turbaba su ánimo, mientras calibraba un «PI-IIIIII...!» o también un «TAC-TAAAAC...»

En este momento estaba pensando que tenía que vigilar más de cerca a 03–OWE. Un tercer fallo era algo que no podría permitirle.

3
Ojotuerca

Todas las noches, 03–OWE burlaba la vigilancia del robot supervisor y salía a contemplar la Luna.

Apenas se dejaba ver por el horizonte, empezaba a sentir cosas raras: una vibración le hacía cosquillas en las placas de metal que cubrían su cuerpo y las células de visión se le nublaban.

En esos momentos, no podía evitar que se le saltaran las lágrimas. Y lloraba y reía, mirando a su alrededor, enamorado de todas las cosas.

—Ochenta y tres —decía entonces,

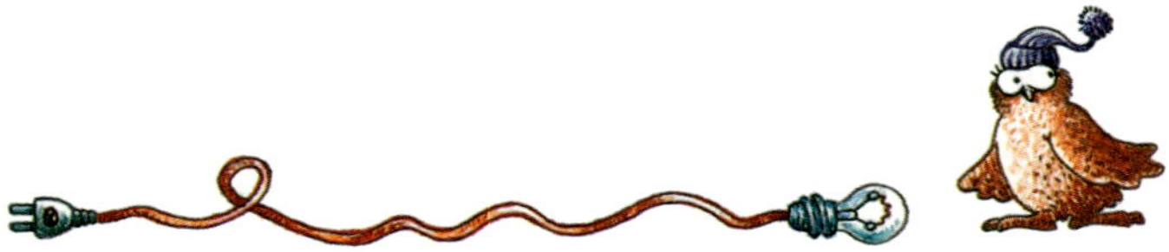

emocionado, porque no sabía decir otra cosa que números.

Poco a poco, fue aceptando que tendría que vivir con aquella terrible maldición: porque en las noches de luna llena... 03–OWE *sentía*.

Fue en una de esas escapadas cuando conoció a Ojotuerca, la lechuza. Se encontraba panza arriba a pocos metros de la caldera, tosiendo y pataleando angustiada:

—¡COF...! ¡COF...! ¡COF...!

Había pasado volando despistada justo por encima de la chimenea.

03–OWE se sentó con ella en brazos, en la orilla del conducto del agua, dándole aire y lavándole las plumas.

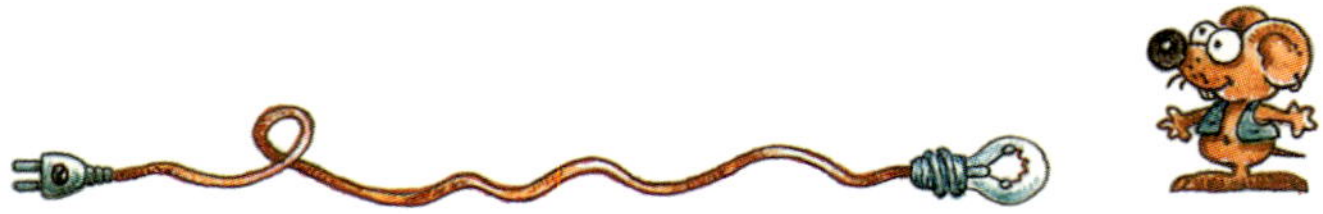

—¡Con esa agua, nooo..! —jadeó indignada la lechuza—. ¿Es que quieres matarme?

03–OWE observó más atento el color que tenía el agua, después de enfriar el generador de la fábrica.

—Cuarenta y ocho —dijo 03, porque le pareció un número adecuado.

—¿Quieres que acabe como ésos? —se lamentó Ojotuerca, señalando a los peces que flotaban sin vida.

—Veintisiete —contestó 03.

Así que dejó de lavarla, y ella sola se sacudió el hollín batiendo las alas.

Era natural que se hicieran amigos. Ojotuerca le enseñó al robot a decir algunas palabras y a jugar por las travie-

sas del interior de la fábrica.

También, a veces, se sentaban juntos a observar desde arriba la sala de máquinas.

Vaya espectáculo se les ofrecía entonces: todos los brazos mecánicos machacando remaches o soldando puntos como rayos.

La sala retumbaba a todas horas. Los resoplidos de fuelle y los continuos martilleos hacían mucha gracia a Ojotuerca, quien opinaba que allí se encontraba el corazón de la fábrica, con el generador atómico murmurando soñoliento.

—¿Has probado alguna vez la corriente alterna? —le preguntó 03 a Ojotuerca—. Es revitalizante y hace cosquillas.

—Me temo que eso son cosas de robots —le dijo la lechuza rascándose el pico, «RAS... RAS...»—. Yo prefiero ratones y culebrillas.

—También me gusta mucho mirar la Luna —añadió 03–OWE.

Y se fueron a verla, avanzando majestuosa por el cielo sin nubes.

Ojotuerca le explicó a 03 lo que eran las estrellas, y que servían para que la Luna no se sintiera tan sola en el cielo.

—¡RU... RUUUUU...! —ululó la lechuza desde un roble.

—¡ÑEC... ÑEC...! —le sonaron las rodillas al robot.

4
WOT-137

Algunas semanas más tarde le hicieron a 03–OWE su primera revisión. Fue en el laboratorio, donde tuvo que pasar las pruebas de seguridad y control.

Allí, rodeados por una burbuja de cristal, los sesudos y altivos robots del departamento científico probaban esto y aquello, haciendo todo tipo de mezclas.

Los brazos articulados agitaban probetas y encendían los mecheros. El «BLUP... BLUP...» y el «GLO...

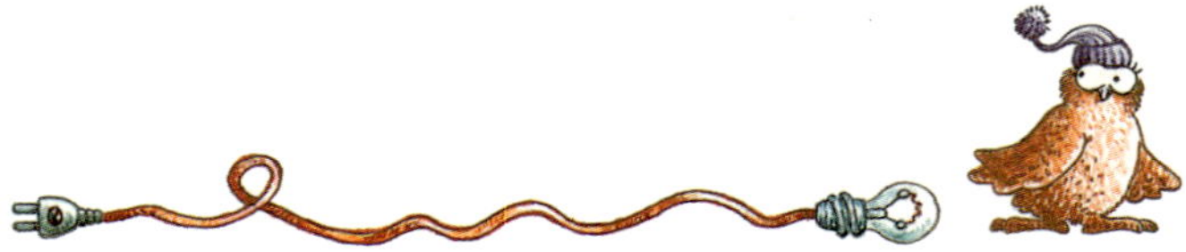

GLO...» servían de sonido de fondo.

De vez en cuando, una explosión accidental rompía la monotonía y los cuellos de los robots se alzaban. Entonces, las ranuras de visión se abrían hasta el tope y, sólo cuando veían que no se habían activado las alarmas, reanudaban de nuevo el trabajo.

Pero cuando WOT–137 supervisó los resultados de las pruebas de 03–OWE, no quedó satisfecho del todo.

Había algo extraño en la ficha del pequeño robot: el examen parecía complicado, demasiado difícil para la categoría de un 03. Había pruebas de lectura y vocalización, cuando él sabía muy bien que a 03–OWE no lo habían preparado para hablar... No obstante, al ingeniero programador le habían parecido adecuadas.

Decidió que más tarde lo estudiaría detenidamente; ahora tenía otro asunto que investigar.

Llevaba semanas observando multitud de cables pelados, tuberías agujereadas, juntas picadas..., como si las hubiera mordisqueado un ratón.

Eso es: un ratón.

Buscaría a ese animal, lo espachurraría y lo reduciría a partículas reciclables, pensó WOT–137, alejándose por los pasillos.

—Lo transformaré en aceite con el que engrasar algunas bisagras que hacen «ÑEC... ÑEC...»

Así pensaba WOT, mientras daba

vueltas y más vueltas por la fábrica, con los radares de busca activados como moscas zumbonas.

Rastreaba al ratón, husmeaba con su lento rodar metódico y pesado, porque no podía olvidar que algo vivo y descontrolado se movía por allí.

La mirada de WOT cuando inspeccionaba podía ponerte nervioso si no estabas acostumbrado. Todo lo miraba con desconfianza, porque temía que algo pudiera alterar el ritmo establecido de la fábrica.

Eso era natural, dada su condición de supervisor, pero también definía su carácter: siempre detrás de los fallos y los errores, siempre gruñón.

—¡TRU–KU TRU–KU TRU–KU...!

T-37

—hacía la cadena oruga sobre la que se deslizaba el robot—. ¡TRU–KU TRU–KU TRU...! —sonaba por los pasillos.

5
Arandelo

Con el cuello estirado, el ratón intentaba moverse hacia delante, aunque no le hubiera importado volverse hacia atrás..., si hubiera podido.

Pero se había quedado atascado dentro de la tubería, con la cabeza asomando, expuesto al peligro.

—¡Estas tuberías modernas...! —se quejaba el ratón—. Tan estrechas e imprevisibles...

Las orejas, como dos antenas parabólicas, sondeaban el aire buscando ruidos. Cómo le hubiera gustado poder esconderse detrás de ellas.

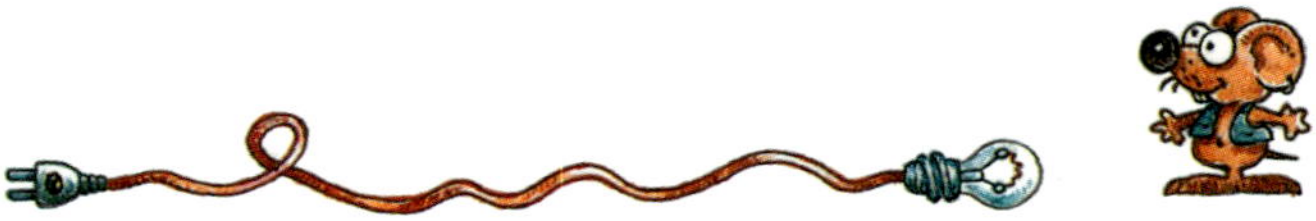

Sobre todo ahora, con aquel «TRU–KU TRU–KU TRU...» acercándose rápido y poniéndole tan nervioso.

—¡TRU–KU TRU–KU TRU...! —sonaba cada vez más cerca.

Ahí estaba ya, rodeado de zumbidos y de pinzas articuladas, guiñando las bombillas que tenía por ojos.

WOT–137 se paró de pronto y se puso a observar al ratón, con las pantallas de su ordenador parpadeando instrucciones.

—Así que eres tú el que me estropea los cables y las tuberías —dijo WOT moviendo las pinzas.

Pero justo en ese momento apareció 03–OWE, empujando la barredora de virutas y casi tropezó con él.

Como estaba seguro de que WOT no le había visto, volvió sobre sus propios pasos y se puso a espiar al robot supervisor desde la esquina.

Algo tenía que hacer, pensó 03, si no quería ver al pobre ratón convertido en grasa de juntas. Por eso comenzó a sacudir la pequeña puerta de la alarma de incendios.

Se dijo a sí mismo que no debía romper el cristal si podía evitarlo, pero estaba tan duro, tan duro, y la cerradura tan oxidada...

—¡¡CRAKS...!! —sonó el cristal al romperse.

Ya se encargaría de arreglarlo más tarde, pensó 03. Lo importante ahora era salvar al ratón.

De modo que pulsó la alarma: la señal luminosa destelló, las sirenas aullaron y todas las máquinas de la fábrica se quedaron muy quietas, seguramente escuchando.

A WOT–137, que no entendía por qué sonaba la alarma, comenzó a darle vueltas la cabeza, como un trompo.

—¡Rápido, WOT, investiga esa alarma! Yo me encargo de esto —dijo 03, señalando al ratón.

El robot supervisor dio media vuelta y desapareció como loco tras una esquina, chirriando y resbalando al tomar las curvas. No pareció darse cuenta, en ese momento, de que 03–OWE le había hablado a él por primera vez.

El ratón se encontraba atascado en

una tubería de desagüe, debido seguramente a la arandela de acero que se estrechaba al final.

03–OWE desenroscó la boca de la tubería; después, liberó la arandela y, abriendo la trampilla de la barredora, le dijo al ratón:

—¡Cuélate dentro, deprisa!

Con la arandela metálica al cuello, el ratón se zambulló entre las virutas, sin comprender muy bien lo que sucedía.

03–OWE zumbaba por los pasillos, con los aullidos de las sirenas chivándose tras él. Corría, corría..., corría muy deprisa buscando a Ojotuerca.

6
Corre, corre

Arandelo, el ratón, pues así le llamaron desde aquel día, no podía creer en su buena suerte. Unos momentos antes se encontraba atascado y solo, acorralado por un terrible robot. Ahora, en cambio, estaba en compañía de unos amigos que arriesgaban sus vidas por él.

Después de hacerle todo tipo de preguntas e intercambiar algunos secretos, se pusieron a jugar entre las traviesas del techo; como ahora eran tres, resultaba más divertido y emocionante.

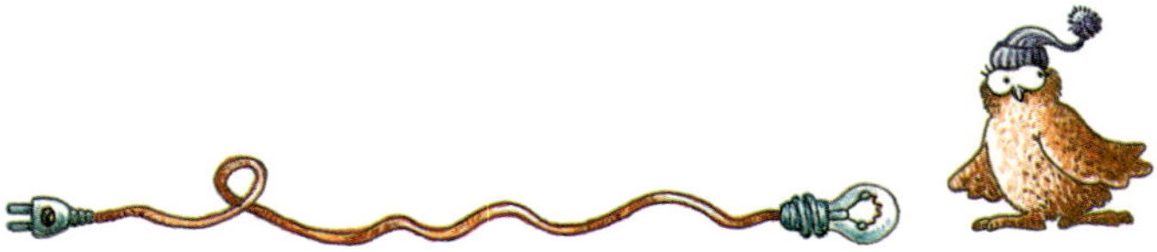

Ojotuerca tuvo que contenerse más de una vez para no lanzarse sobre Arandelo y tragárselo de un solo bocado.

Se lo estaban pasando realmente bien, cuando 03–OWE se dio cuenta de que había olvidado reponer el cristal y dejar de nuevo lista la tubería. Así que se dirigió como un rayo al pasillo en forma de «V» de la sala de máquinas.

Mientras tanto, WOT–137 investigaba el asunto.

—Ningún fuego por aquí —decía el robot—; un cristal roto y ni rastro de 03–OWE, que además de hablar sin que yo se lo mande, me ha dado órdenes. Y para colmo, seguro que el ratón anda por la fábrica, royendo cables y haciendo agujeros en todos los sitios.

311
AL

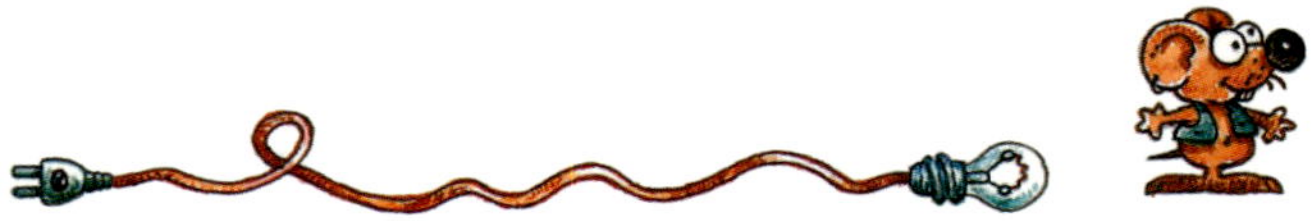

03–OWE le estaba dando demasiados problemas a WOT.

—Tendré que revisarlo de nuevo; tal vez reemplazarlo.

Así razonaba el robot supervisor, mientras atendía sus otras tareas.

Pasaron las horas y WOT–137 seguía sin encontrar a 03–OWE. Hablaba consigo mismo, intentando encontrar una solución a tanto desbarajuste y descontrol en el trabajo.

—Por supuesto que no permitiré una deserción: sería un mal ejemplo —decía convencido—. Lo encontraré...; sin lugar a dudas, lo encontraré.

Y eso era cierto, porque WOT era un robot testarudo y perseverante.

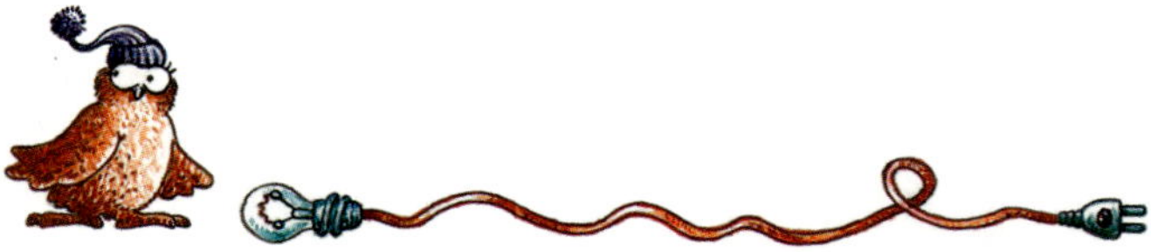

Algo alejado de allí, 03–OWE arreglaba la tubería. Se disponía a reponer el cristal cuando vio con horror que alguien se le había adelantado.

Se le aflojaron las juntas, la barbilla le hizo «¡CLANC...!» sobre la chapa del pecho, miró nervioso a un lado y a otro, y comprendió la terrible verdad: WOT lo sabía.

Le atraparía con sus pinzas de acero, le apretaría los tornillos con fuerza y le soldaría arandelas de seguridad para castigarle.

Tanto se asustó, que tuvo que echar a correr para dejar de temblar. Se precipitó pasillo abajo, resbalando y tropezando con sus propios pies, hasta que se sintió a salvo entre los travesaños del techo.

03–OWE pensaba desconsolado en WOT–137, el robot supervisor que siempre le había engrasado y reparado, y que, por razones que no pudo controlar, se había convertido ahora en una amenaza para él.

Así, triste y apesadumbrado, permaneció largo rato, sintiéndose ya como un fugitivo.

7
La trampa

Era difícil burlar a WOT–137. Pero cuando éste se encontraba haciendo la inspección en el otro lado de la fábrica, 03–OWE y sus dos amigos se arriesgaban a acercarse a los altos hornos.

Allí eliminaban el carbono y el silicio del hierro fundido, y lo transformaban en hierro dulce: un bocado exquisito para 03–OWE.

Que WOT conociese los gustos de 03 era algo que ellos no habían consi-

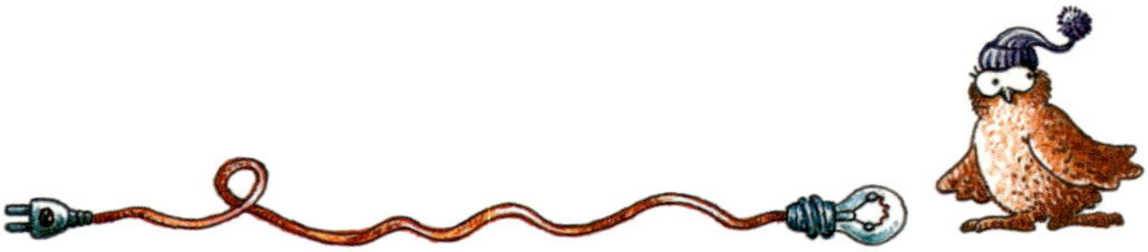

derado importante. Sin embargo, pocas cosas escapaban a la atención del robot supervisor, y pocas cosas se encontraban fuera de su control.

Los tres amigos se dirigían una vez más, muy despacio, hacia los altos hornos.

03–OWE caminaba de puntillas sobre las suelas de esponja de caucho.

A medida que avanzaban, el ratón se iba poniendo nervioso. Ojotuerca no podía estarse quieta, volando de un lado para otro, haciéndole «FLOP... FLOP...» con sus alas.

En el último pasillo, no pudiendo contenerse más, se colaron los dos en el compartimento de las herramientas de 03–OWE.

Así transcurrieron los últimos metros: despacio, despacio, despacio..., relamiéndose el robot por anticipado.

—Una vez que pasemos la puerta, el estruendo de los hornos nos protegerá —los tranquilizó el robot.

Lo que no se esperaba 03–OWE era que las puertas resoplaran cortándole el paso por delante, y mucho menos que se cerraran también las que estaban detrás. Y antes de que 03 pudiera pensar en escabullirse, se activó el potente electroimán que WOT–137 había instalado en el techo del pasillo, justo encima de 03.

Entonces, la corriente magnética del

imán lo atrapó, la cabeza se le llenó de chispas, y a partir de ese momento no recordó nada más.

8
El horno–18

¿Hemos dicho ya que WOT–137 es un robot supervisor muy eficiente? Él solo controla todo el procesado automático de la fábrica.

Sigue de cerca el perfecto funcionamiento de los brazos articulados, el ensamblaje, la soldadura y el desmonte. Todas estas funciones y algunas más dependen de WOT.

Gracias a él, 03–OWE ya no se siente mal.

Ahora descansa, desmontado y tranquilo, sobre la cinta transportadora del horno–18.

Dentro del compartimento de las herramientas de 03–OWE, Arandelo sudaba y Ojotuerca pataleaba. No se podía negar que hacía bastante calor, con aquel aire pesado tan difícil de respirar.

No se habían atrevido a salir antes, en la sala de desmontaje, por miedo a que WOT pudiera andar por allí controlando la operación.

—Tenemos que salir inmediatamente, antes de que nos fundamos con 03 —anunció el ratón.

—¿Es que piensas abandonarle para que se lo trague el horno? —le reprendió la lechuza—. Pronto olvidas que te salvó la vida.

—No te entiendo, Ojotuerca, ¿qué

puedo hacer yo? — preguntó con un hilo de voz Arandelo.

—Cualquier cosa menos dejarle aquí —respondió Ojotuerca—. Hummm..., déjame pensar: podemos rescatar las piezas y luego montarlas.

—Pe... pero, ¿cómo...? —dudaba Arandelo.

—¡Cállate ya, y no perdamos más tiempo!

Salieron del compartimento, mientras el horno–18 rugía.

El calor empezó a parecerle insoportable a Ojotuerca, que se acordaba demasiado bien de su experiencia con la chimenea. Las piezas que intentaba rescatar se le resbalaban y el vapor le cegaba los ojos.

El ruido de las llamas crecía a medida que se iban acercando a la boca incandescente del horno.

Arandelo daba brincos sobre el montón de chatarra, para evitar que se le quemaran las patas.

Seguro que a 03–OWE no le apetecía en absoluto fundirse con los otros meta-

les. La cinta vibraba y la mandíbula suelta del robot parecía castañetear; el líquido protector de las células de visión comenzó a derramársele por las mejillas, debido al calor.

—Parece que llora —se extrañaba Arandelo.

—Y que tiembla de miedo —añadió

Ojotuerca—. Date prisa y no pares, que ya queda poco.

Una pinza oxidada cayó por el agujero del horno, y la lengua de fuego pareció relamerse. Después, se precipitaron cuatro enormes tornillos, uno detrás de otro, y la boca hizo «FSSSSSS...», con un resplandor.

Ojotuerca rescató una mano, después la cabeza. El ratón tiró de un pie, hasta que consiguió sacarlo de la cinta.

Pero en el último instante, las mandíbulas abiertas del horno, echando fuego, vapor y volutas juguetonas y mortíferas, atraparon la única pieza que a Arandelo le quedaba por recoger: la pequeña pila que le daba energía al robot.

—¡Cuidado, cuidado, que se te escapa! —chilló la lechuza.

—¡FSSSSSS...! —hizo el horno.

—¡Has dejado que se tragara esa cosa! —exclamó indignada Ojotuerca—. ¡Eres un ratón inútil y desagradecido!

—Yo no quería, yo... —intentó defenderse Arandelo, que olía a pelo chamuscado más de lo que deseaba.

Y la boca del horno–18, defraudada, escupió humo ardiente, rugiendo como una tempestad enfurecida.

Habían conseguido rescatar casi todas las piezas del robot, pero el esfuerzo los dejó fatigados y un poco sordos.

Apenas en el último momento advirtieron el «TRU–KU TRU–KU TRU...» de la cadena de WOT, acercándose.

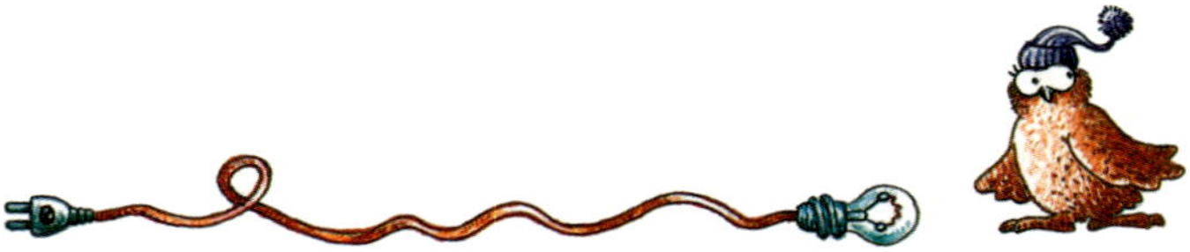

—¡Que viene, que viene...!

Tuvieron el tiempo justo para esconderse tras unos bidones y contener el aliento hasta que el robot supervisor hubo pasado.

Cuando colocaron todas las piezas apartadas y seguras —menos aquella pequeña pila, diminuta y resbaladiza—, sintieron la necesidad de reanimarse con un poco de aire fresco.

Fueron boqueando, agotados y débiles, hasta una grieta en la pared de los vertidos. Desde allí pudieron ver a la Luna, ocultándose triste tras un banco de nubes.

—Habrá tormenta —sentenció la lechuza.

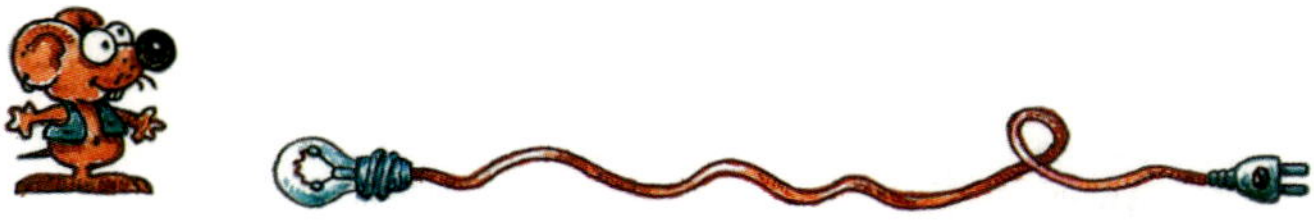

Y el ratón no pudo hacer otra cosa que encogerse de hombros, abrumado por tanta sabiduría.

9
Piezas y planos

Más tarde, después de la lluvia, Arandelo se puso a las órdenes de Ojotuerca, que parecía tener un don especial para la organización.

Buscaron por los archivos, revolviendo todo tipo de documentos, revistas y planos. Se movían nerviosos, impacientes por encontrar algo que pudiera servirles para montar de nuevo a 03–OWE.

Después de tragar mucho polvo, separando multitud de papeles, encontraron una hoja raída con algunos di-

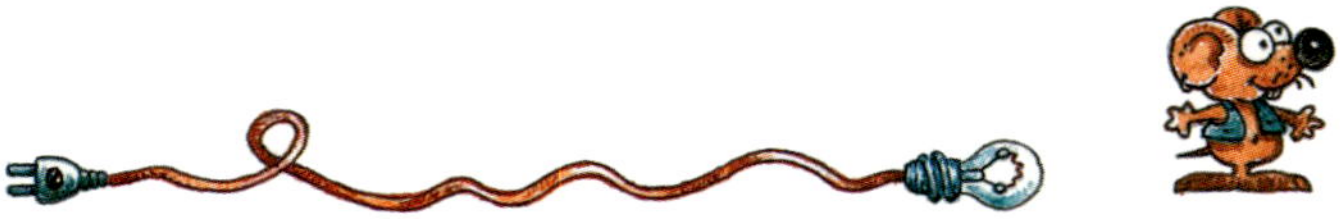

bujos, en la que se leía como encabezamiento:

PROYECTO–03
EXTRICTAMENTE CONFIDENCIAL

—¡Esto es, esto es...! ¡¡Lo encontramos!! —saltaba Ojotuerca.

Llevaron la hoja al sótano, donde tenían escondidas las piezas del robot; y allí, entre los montones de desechos, se dedicaron a la difícil tarea de intentar descifrarla.

—Tenemos que ser rápidos si no queremos que se nos deshaga esta especie de plano cochambroso y arrugado.

El ratón permanecía en la oscuridad de un rincón, observando el nervioso ir y venir de la lechuza.

—Humm... —dijo Ojotuerca, poniendo cara de lista—, empezaremos por la cabeza.

—Creo que será mejor que comencemos por aquí — exclamó Arandelo, señalando el tronco, con tanto entusiasmo que atravesó el papel con el dedo.

Después, colocó el plano sobre una tablilla para protegerlo, dándole tal pellizco que se quedó sin un trozo.

—¡No es necesario que te esfuerces en estropearlo todavía más! —exclamó Ojotuerca malhumorada—. Ya casi no se entiende tal como está. ¡Pero puedes seguir rompiéndolo si eso te gusta!

Después de esta bronca, Arandelo se apartó y se dejó guiar por las indicaciones de la lechuza.

Así, al cabo de algunos días, con muchos chillidos y sofocones, pudieron decir que el robot estaba totalmente montado.

—Ahora, lo conectaremos de nuevo —dijo bostezando, y accionó un interruptor que tenía en el pecho.

La señal de puesta en marcha hizo «PLUFF...», y después se apagó mientras soltaba un pitido cortado. No obstante, se acercaron lo suficiente para poder percibir el ronroneo del mecanismo interior.

—Je, je..., ¡funciona! —exclamó el ratón.

—Pero le falta energía —gruñó la lechuza—: aquella cosita pequeña que dejaste caer en el horno.

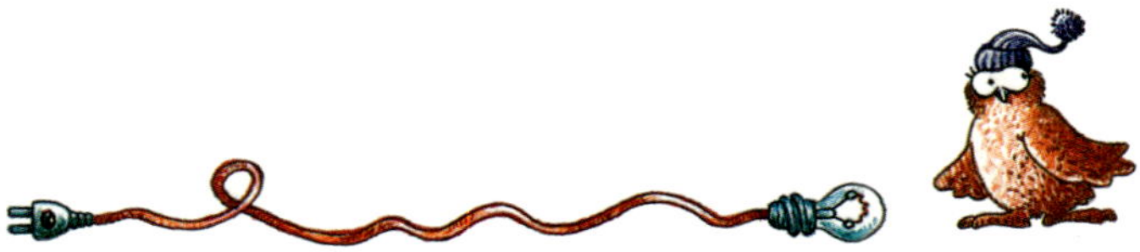

Entonces recordaron la colección de pilas de 03–OWE, y no pudieron evitar sonreír cuando encontraron la caja con su envoltorio de papel de aluminio.

—Ésta es —dijo Arandelo, revolviendo en la caja—. Seguro que vale.

—En el plano pone: G-33 —Ojotuerca enarcó una ceja—, y ésa es una G-35.

—Pero no tenemos G-33 —fue la tajante respuesta de Arandelo, que con la emoción había vuelto a perderle el respeto a la lechuza.

—Hummm..., supongo que tampoco le perjudicará demasiado —entonó solemnemente Ojotuerca, mientras le colocaba la pila.

Hasta ese momento, 03–OWE había estado soñando que flotaba, rodeado de taladros y soldaduras eléctricas. Un cortador de metal le perseguía, armado con destornilladores y alicates, mordisqueándole el procesador y destrozándole los chips de memoria.

Pero todo acabó cuando sintió la energía en su interior, y le entraron ganas de saltar y de comer disquetes, de recoger virutas bajo las máquinas y de apagar y encender las luces de toda la fábrica.

Los ojos de 03 se encendieron como pequeñas brasas amarillas. Ojotuerca y Arandelo se asustaron un poco, con tanto movimiento descontrolado y tanta chispa brincando, dando pellizcos y calambrazos. Tal vez le habían colocado una pila demasiado potente.

03–OWE miró a sus amigos, después

al tesoro que le rodeaba en el sótano: allí había disquetes, cartuchos y cintas de todo tipo, abandonados entre la chatarra.

Sin acabar de creérselo, se quedó mirándolo todo.

—¡¡GUAUUU...!! Esto es fantástico, ¿no? —chilló sin control 03–OWE.

Aquella noche, la creciente ansiedad del robot por ver de nuevo la Luna casi sacó de sus casillas a la sesuda Ojotuerca.

—Tenemos que esperar que WOT–137 relaje la vigilancia, si es que eso puede ser —decía la lechuza—. Todavía sigue buscando al ratón que se come los cables.

—No puedo evitarlo: me gustan los

cables y las tuberías —se defendía Arandelo.

—También me gustan a mí los ratones y, sin embargo, ¡me aguanto! —exclamó Ojotuerca, dejándole clavado en el sitio con una mirada.

De modo que nuestros amigos tuvieron que mantenerse escondidos, en el inmenso almacén de los disquetes estropeados.

Ojotuerca miraba a Arandelo; la mirada del ratón se encontraba clavada en 03–OWE, quien a su vez observaba a Ojotuerca contemplar a Arandelo.

Por fin, una noche, se atrevieron a salir con mucho cuidado, y se sentaron nerviosos en el roble.

Entonces la vieron. Observaron emocionados cómo se alzaba la Luna, lentamente. Luego se puso a coquetear entre las estrellas, diciéndoles esto y aquello, hasta que por la mañana desapareció de nuevo tras el horizonte.

10
El chatarrero

Fue precisamente en una de sus escapadas nocturnas, cuando descubrieron a un hombre encorvado, que caminaba furtivo alrededor de la cerca. Se trataba de Yarco, el chatarrero.

Iba embutido en un impermeable amarillo, y le salían del sombrero montones de cables de todos los colores, que se perdían en el enorme bolsillo.

—¡PI...PI...PI...PI...! —sonaba el bolsillo, con la mano moviéndose dentro—. ¡PI...PI...PIIIIII...! —hasta que la puerta eléctrica de la valla hizo «¡CLANC...!» y quedó entreabierta.

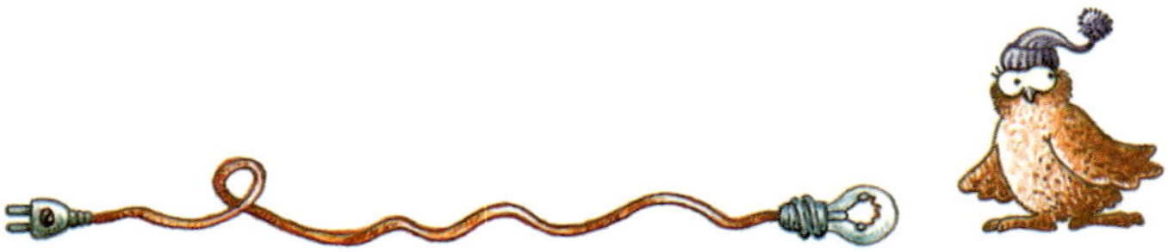

Se coló con un salto, murmurando entre dientes una extraña canción:

—Chatarra, chatarra, je, je..., mi chatarra...

Como los técnicos del último turno ya habían salido, se dirigió hacia la puerta trasera de los talleres, al lado del colector de energía.

Allí había montones de piezas arrugadas de metal: metal abollado, metal oxidado y cansado, que ahora tendría que pasar por el horno de reciclaje.

Nadie le vio manipular los controles de la pinza magnética, ponerla en marcha con un «¡PIUUUUU...!» y pellizcar un montón de chatarra que colocó en la prensadora.

03–OWE se estremeció cuando oyó el

crujido del metal al quedar prensado. Se acordaba demasiado bien de su experiencia: cuando él mismo había sido chatarra en la cinta del horno–18.

Después, Yarco elevó la pinza por encima de la cerca y la descargó en una destartalada camioneta.

—Chatarra, chatarra... —cantaba.

A Ojotuerca siempre le habían cautivado las oscuras maniobras de los hombres robándose entre ellos. Por eso observaba tan atenta los movimientos de Yarco, con sus ojos negros, afilados, como puntas de aguja taladrando la noche.

—Podríamos tenderle una emboscada —aventuró Arandelo.

—Lo extraño es que WOT no lo haya descubierto aún —dijo pensativa Ojotuerca, sin hacer mucho caso al ratón.

—No os preocupéis, ya lo hará —respondió 03.

Cuando estuvo cargada la camioneta, con las desinfladas ruedas aplastadas contra el suelo, se alejó haciendo «¡RRRRRRR...!». El chatarrero murmuraba su eterna canción.

—Chatarra, chatarra... —quedó flotando en el aire, junto al olor del gasóleo.

11
Cemento y avispas

Dos días después, WOT–137 inspeccionaba la zona. Deslizaba la pinza de la chatarra sobre sus raíles eléctricos, husmeaba la prensa, la cargaba de hierro, activaba la báscula y comparaba los datos.

Algo no andaba bien.

En una ocasión golpeó con el dedo un reloj. Tal vez, debió de pensar, le faltaba un poco de aceite...

Luego se fue.

Más tarde, el robot supervisor volvió, con sus seis brazos repletos de tiras de papel cargadas de números. Trabajó

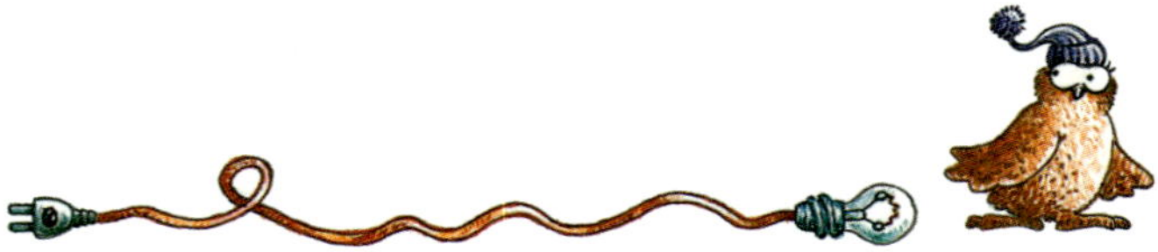

unos minutos con su calculadora, haciendo todo tipo de operaciones, y se marchó definitivamente.

Por la tarde, apareció un robot 02, que picó el suelo alrededor del montón de chatarra; después, lo recompuso con cemento y fibra de vidrio, y lo ensució de nuevo, hasta dejarlo con la misma apariencia.

«Aquí no ha pasado nada», parecía pensar observando su obra. Entonces, agarró todas sus herramientas y desapareció.

03–OWE miraba perplejo a sus dos amigos, quienes también le miraban perplejos a él. Habían estado siguiendo toda la operación, sin entender muy bien lo que pasaba.

—Algo trama WOT —sentenció la lechuza.

—¡Eso es evidente! —exclamó 03.

—Sí, sí... —dijo Arandelo en voz baja, que también tenía que opinar.

Aquella misma noche, el chatarrero quiso robar de nuevo otra carga.

Algo misterioso rondaba en el aire. La Luna se fue ocultando tras unas nubes altivas y oscuras, y las estrellas brillaban sin fuerza. El momento parecía propicio para la fatalidad.

Ojotuerca, Arandelo y 03–OWE dominaban la escena desde la traviesa exterior del taller de pulidos, justo encima de la prensadora. Observaban aprensivos la sonrisa dura de Yarco, con los

dientes apretados y los ojos pequeños y brillantes como cabezas de chincheta.

—Chatarra, chatarra... —canturreaba.

Suponían que WOT andaría por allí, acechando paciente, con los pequeños radares activados y silenciosos.

Yarco no podía imaginar que, al colocarse a los mandos de la pinza de la chatarra, el suelo se iba a quebrar como el cristal, y él iba a quedar pegado al cemento.

—¡¡AHHH...!! —gritó el chatarrero, después de que la pinza hubiera hecho «¡PIUUUUU...!» al activarse.

El chatarrero tiraba hacia arriba, pero los pies no se despegaban del suelo y la pinza giraba y giraba como un carrusel, volando por encima de su sombrero.

Alguien le había tendido una trampa, pensó mientras sacaba el revólver, y tendría que pagarlo.

En ese momento, sonó el «TRU–KU TRU–KU TRU...» de WOT–137, con las sirenas de alarma aullando y las luces azules y rojas parpadeando.

El chatarrero saltó de sus propios zapatos y quedó de rodillas sobre el cemento.

—¡BLAM...! ¡BLAM...! —sonaron las balas, gordas como tábanos.

Entretanto, 03–OWE y Arandelo se removían inquietos en el travesaño, temiendo que alguna bala zumbona los alcanzara.

Ojotuerca, nerviosa, remontó el vuelo, «¡FLOP... FLOP...!», con tan mala

fortuna que desprendió de un aletazo un nido de avispas.

El avispero, al caer, golpeó la cabeza del chatarrero, rebotó y quedó pegado en el suelo. Esto no debió de gustar mucho a las avispas, ya que salieron enfurecidas, por si había algo a lo que pudieran clavar el aguijón.

La pinza giraba loca, las balas zumbaban. WOT, acompañado por un 02, intentaba esquivarlas, mientras se acercaba amenazante a Yarco.

La rasposa barbilla del chatarrero y su aguda nariz señalaban a los robots, primero a uno y después a otro, al ritmo de los disparos.

—¡BLAM...! ¡BLAM...!

Una bala golpeó a WOT en el costado

y le dejó la dirección inservible. El robot supervisor comenzó a dar vueltas y vueltas sin control. La pinza le golpeó, «¡CLANC...!», y la cabeza, después de dar varios botes, rodó hasta la prensadora, que la aplastó sin remedio.

—¡Ay, WOT...! —exclamó 03–OWE.

El robot 02 que había acompañado a WOT–137 corrió a esconderse tras unos bidones, no fuera a ocurrirle a él lo mismo.

Durante el resto de la noche se oyeron los gritos y los estallidos de cólera del chatarrero. Estaba atrapado pegado al cemento, con la cara y las manos hinchadas por el veneno de las avispas.

12
El secreto de 03

Al día siguiente, el vigilante de la fábrica se hizo cargo de Yarco. Tuvo que despegarle del suelo con un robot 02, tal vez el mismo que el día anterior había preparado la trampa.

Se lo llevaron colorado e hinchado, empapado por el rocío de la mañana.

03–OWE miraba desconsolado la cabeza aplastada de WOT. Recordaba las veces que éste le había reparado, soldándole un cable o engrasando sus juntas.

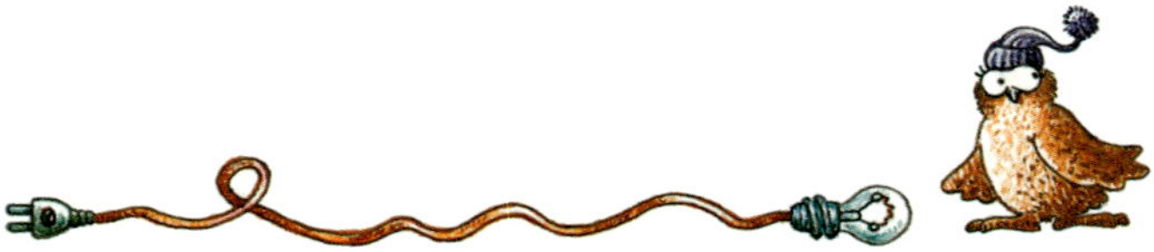

Ojotuerca y Arandelo no entendían que el hecho pudiera afectarle de aquella manera. Encontraban incomprensible que se sintiera apenado por alguien que lo había desmontado y colocado luego en la cinta transportadora del horno–18.

Pero 03–OWE sabía, por propia experiencia, que un robot no puede elegir aquello que hace.

Muchas cosas cambiaron a partir de ese día en la fábrica.

Tuvieron que acostumbrarse al nuevo WOT–137, verde metalizado, de diseño más moderno y atrevido. Parecía más ligero y tolerante, con sólo cuatro brazos en lugar de seis. Sin duda, encontrarían

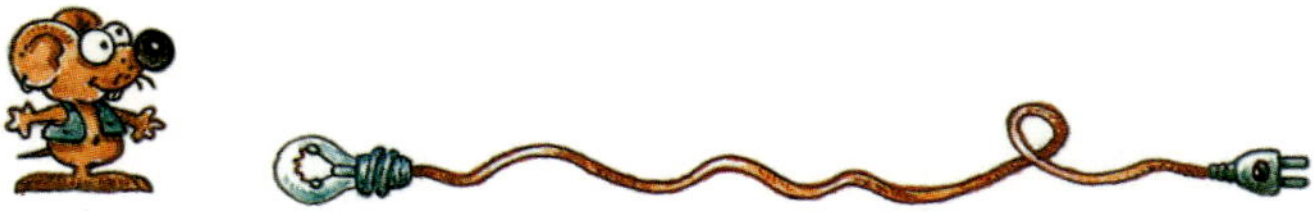

la forma de no enemistarse con él.

03–OWE volvió a ocuparse del mantenimiento de la fábrica; su nuevo programa ampliado se lo pedía y a él le gustaba hacerlo.

Se encargaría de introducir los disquetes con ritmo en los brazos mecánicos, que ahora trabajarían al compás de la música, machacando remaches y soldando puntitos.

Además, regaría los geranios, podaría los rosales y los arbustos, y se sentaría por las noches con sus dos amigos a contemplar la Luna.

Ya no había nada que amenazara sus vidas.

De vez en cuando, Arandelo y Ojotuerca le preguntaban al robot:

—¿Te acuerdas de WOT?

—Sí, mucho —contestaba 03, con una sonrisa.

Porque lo que no sabían ellos era que había montado de nuevo al viejo WOT–137, y lo tenía en su escondite se-

creto. En sus ratos libres, se entretenía con la difícil tarea de reparar el procesador y eso le hacía feliz.

«Quién sabe —pensaba entonces 03–OWE—, a lo mejor con el tiempo hasta tenemos un nuevo amigo.»